Índice

Rourke Educational Media
rourkeeducationalmedia.com

¿Puedes encontrar estas palabras?

algas

crepas

pretzels

remolacha

Qué comemos

¿Dónde vives? ¿Qué comes?

En Centroamérica, la gente come arroz con frijoles negros.

REPUBLICA FEDERAL DE CENTRO AMERICA

La gente come **crepas** en Francia.

crepas

La gente come sopa de **remolacha** en Polonia.

Se sirve fría.

La gente en Alemania come **pretzels.**

pretzels

La gente en Japón come pescado y arroz.

También comen **algas**. ¡Son saludables!

¿Encontraste estas palabras?

También comen **algas**.

La gente come **crepas** en Francia.

La gente en Alemania come **pretzels**.

La gente come sopa de **remolacha** en Polonia.

Glosario fotográfico

algas: plantas que crecen en los océanos, ríos y otros cuerpos de agua.

crepas: panqueques muy delgados que a menudo tienen un relleno.

pretzels: masa con forma de nudos y horneada hasta estar crujiente.

remolacha: una hortaliza de raíz, de color rojo oscuro.

Índice analítico

Sobre la autora

Katy Duffield es una escritora a quien le gusta comer. Nunca ha probado la sopa de remolacha o las algas. Pero le encantan las crepas, el arroz y los frijoles. ¡Su comida favorita es la PIZZA!

www.rourkeeducationalmedia.com

PHOTO CREDITS: Cover ©hanapon1002, Page 3 ©By Africa Studio, Page 4 ©MSPhotographic, Page 5 ©Yul, Page 6 ©Yul , Page 9 ©Stevenchock, Page 10 ©Yul, Page 12 © Yul, Page 2,10-11,14,15 ©dallosto, Page 2,12-13,14,15 ©Milkos, Page 2,6-7,14,15 ©Yulia_Davidovich, Page 2,8-9,14,15 ©LarisaBlinova

Edición: Keli Sipperley
Diseño de la tapa: Kathy Walsh
Diseño interior: Rhea Magaro-Wallace
Traducción: Santiago Ochoa
Edición en español: Base Tres

Library of Congress PCN Data
Qué comemos / Katy Duffield
(Descubrámoslo)
ISBN (hard cover - spanish)(alk. paper) 978-1-64156-919-4
ISBN (soft cover - spanish) 978-1-64156-943-9
ISBN (e-Book - spanish) 978-1-64156-967-5
ISBN (hard cover - english)(alk. paper) 978-1-64156-191-4
ISBN (soft cover - english) 978-1-64156-247-8
ISBN (e-Book - english) 978-1-64156-297-3
Library of Congress Control Number: 2018955943

Printed in the United States of America, North Mankato, Minnesota